APR -- 2013

P9-CEF-971

De la misma colección:

Reservados todos los derechos. No se permite reproducir
en sistemas de recuperación de la información ni transmitir
alguna parte de esta publicación, cualquiera que sea
el medio empleado –electrónico, mecánico, fotocopia,
grabación, etc.–, sin el permiso previo de los titulares del
copyright.

Título original: NUMBERS
Idea e ilustraciones de PatrickGeorge
© PatrickGeorge, 2012
Publicado en 2012 por PatrickGeorge en Gran Bretaña

© Editorial Juventud, S. A., 2012
Provença, 101 - 08029 Barcelona
info@editorialjuventud.es
www.editorialjuventud.es

Primera edición, 2012

Traducción de Teresa Farran Vert

ISBN: 978-84-261-3883-5
Núm. de E. J.: 12.395

Printed in China

NÚMEROS

PatrickGeorge

editorial juventud

Barcelona

10

diez

nueve

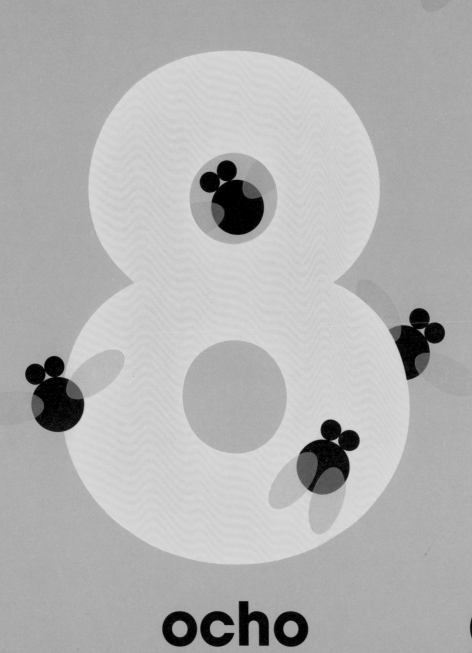

ocho

7

siete

seis

cinco

cuatro

3

tres

2

dos

1
una

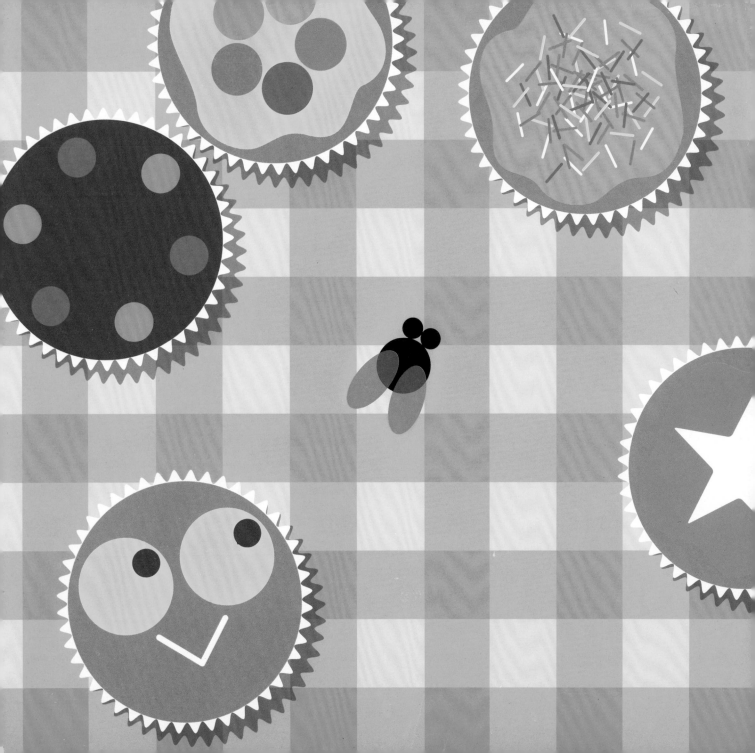

cero